U0007717

嗨小強的吃貨日記

Eileen◎著

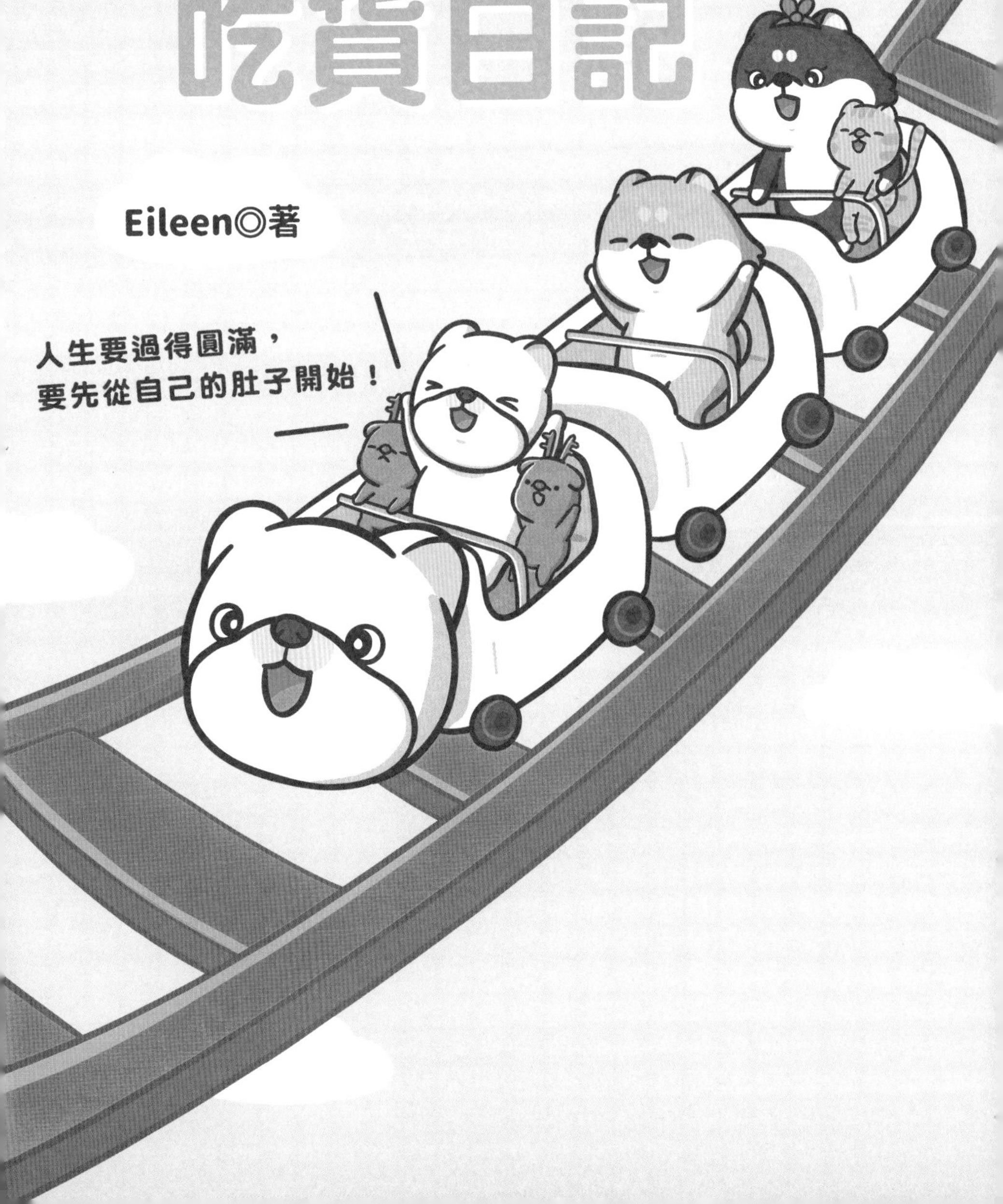
人生要過得圓滿，
要先從自己的肚子開始！

作者序

從小的時候就特別喜歡畫畫，國小開始每一到新學期也會默默的被同學推選為學藝股長，從小也特別喜歡美術課，能把一張白紙變成一張完整的圖，是一件很有成就感的事情。

雖然求學過程中，不是選了自己喜歡的美術相關科系就讀，但也從沒有放棄過自己一直很喜歡的事情，上課的時候畫畫課本、考試的時候畫畫考卷，上大學也是參加系學會擔任美宣長，從中也慢慢學習、摸索了各式各樣的軟體，在這過程中更加堅定了自己存在的價值，其實自己一個不是很有自信的人，能因為這樣受到肯定，真的是一件很開心的事情。

小強是以前家裡養的法國鬥牛犬，原本是一隻寄宿的狗狗，後來成為我們家的毛孩有五六年的時間，因為一次的意外小強離開當了天使，當時有長達一年的時間心情低落久久無法釋懷，只覺得一切發生得太突然、不想面對這個事實，當時還陷入低潮時期的我，看到一本書的其中一句話『活著的人，要為了逝去的人事物，去看更美麗的風景，所以不要再悲傷、也不要再難過了。』

當時好像被點醒了一樣，總覺得不能夠再悲傷下去了，告訴自己，時間不停的往前，我也不能一直停留在原地，也是該繼續往前了。
沈澱了心情後，開始將畫畫轉變為思念小強的媒介，希望小強能用另一種方式繼續存在我們的生活中，就這樣開啟了我的創作之路。

很感謝這三年來能夠有從未想過的經歷，也認識了很多好朋友，看到有人能因為我的圖而感到開心，能在心情低落的時候因為我的圖而心情變好，這些都是以前的自己從沒想過的事情，
也很感謝所以的家人朋友讀者粉絲們，你們一路的支持，給予了我很多意想不到的鼓勵。

從沒想過有一天會出版自己的書，謝謝出版社給我這個機會，
希望這本書能在你開心與難過的時候，能為精神上的慰藉，

能讓小強參與了你們生活的小小部分，我感到很榮幸，
也希望小強未來能繼續陪著大家走下去，
而我也會繼續努力的堅持下去。

Eileen
2018.9.

推薦序

聽到Eileen要出書的消息，非常為她開心，對許多創作者而言，為自己的創作生涯留下一本得以傳世的紀錄，是人生重要的里程碑。第一次與Eileen見面是三年前他首次贏得LINE原創市集單月MVP，在MVP訪談中，她分享繪畫靈感源頭，是來自於她心愛的狗狗-法鬥小強，雖然小強已經過世，但透過貼圖，讓小強活在Eileen的筆下，這是她懷念小強的方式。

2016年，Eileen獲LINE原創市集推薦，代表LINE Creators參與台灣文博會，她的攤位前有著許多喜歡小強的粉絲圍繞，看見Eileen忙碌的身影但眼神發出光芒，每一位粉絲的鼓勵，都是LINE Creators的創作熱情持續下去的動力，那一刻我看見她的能量滿滿。

LINE原創市集在台灣推動以來，陪伴許多創作者成長、前進，而LINE Creators的源源不絕創意也讓LINE原創市集平台持續進化，因著台灣用戶願意對創作者的貼圖作品付費支持，這個創作生態圈才能生生不息，希望Eileen持續在LINE原創市集活躍，讓小強貼圖陪伴我們在聊天室裡的每一刻，願妳永保初心、樂在創作。

LINE台灣貼圖團隊總監　**呂苔君**

ㄇㄚˊ幾

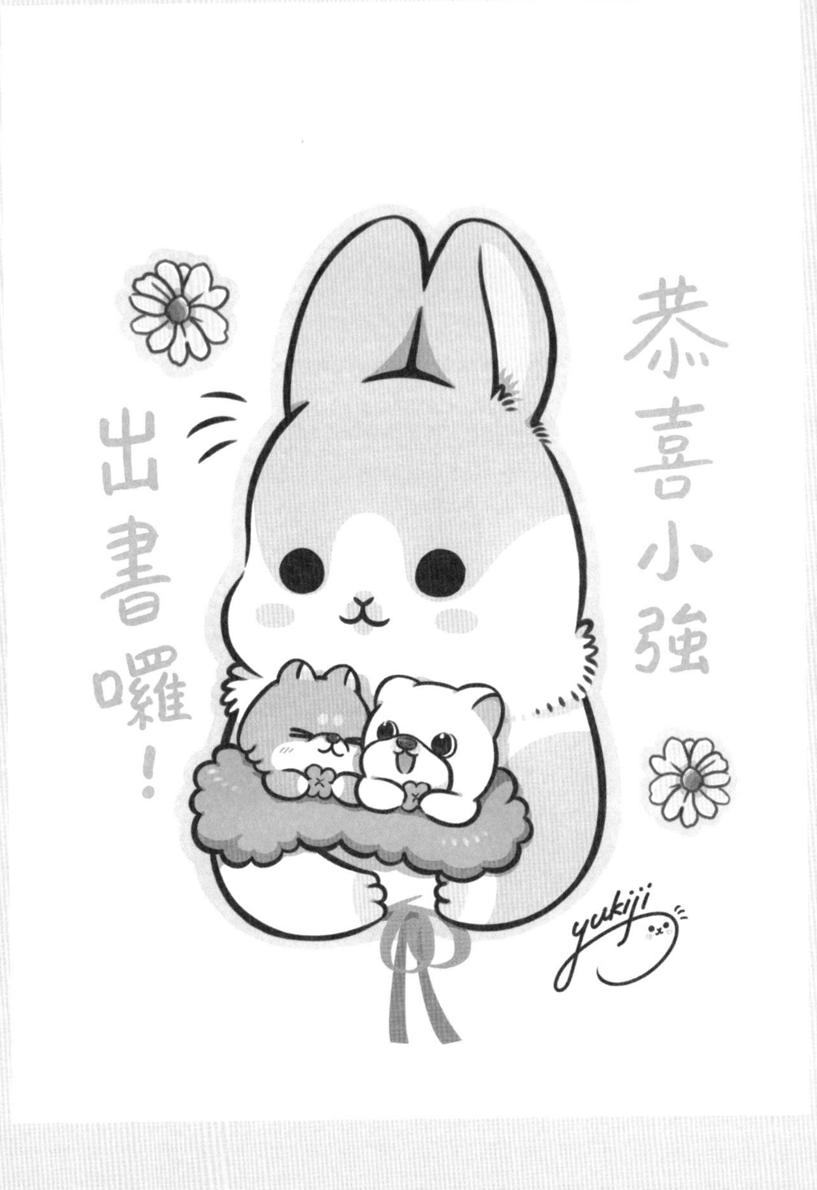

恭喜小強
出書囉！
yukiji

小學課本的逆襲

白爛貓

恭喜小強
新書大賣!!
出新書就是要公佈
體重慶祝一下啊!!
麻糬爸
2018.
白爛貓
Lan Lan Cat
© 2018 Mochi Dad / THAT FISH CORP.

松尼

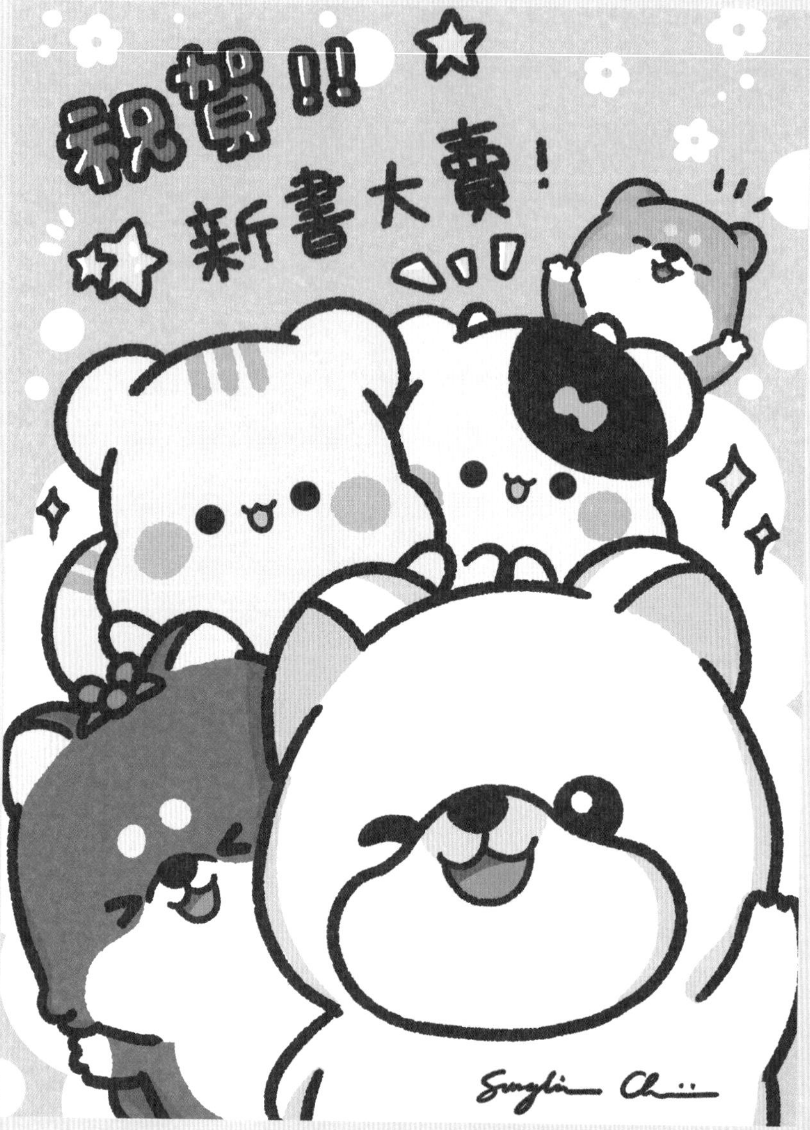
祝賀!!
新書大賣!
Songlin Chiii

消極男子

隔壁老王

廢物女友

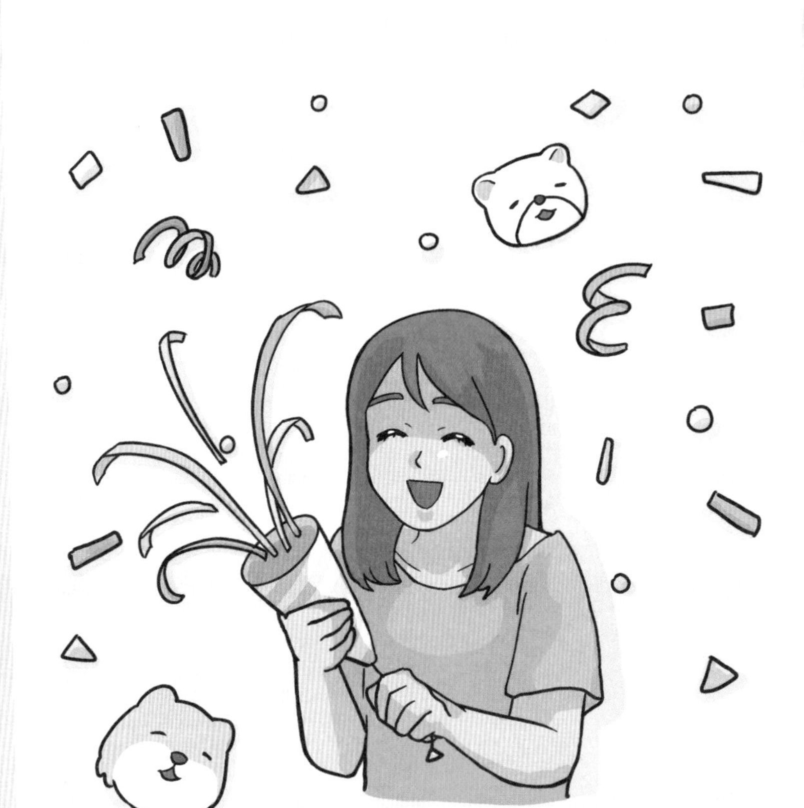

恭喜出書
Lousy Girlfriend © 廢物女友

貓貓蟲咖波

超可愛的小強，恭喜出書！

不管在什麼時候看都很療癒呢！（想吃）

懶散兔與啾先生

寶寶不說

歡唱99俱樂部

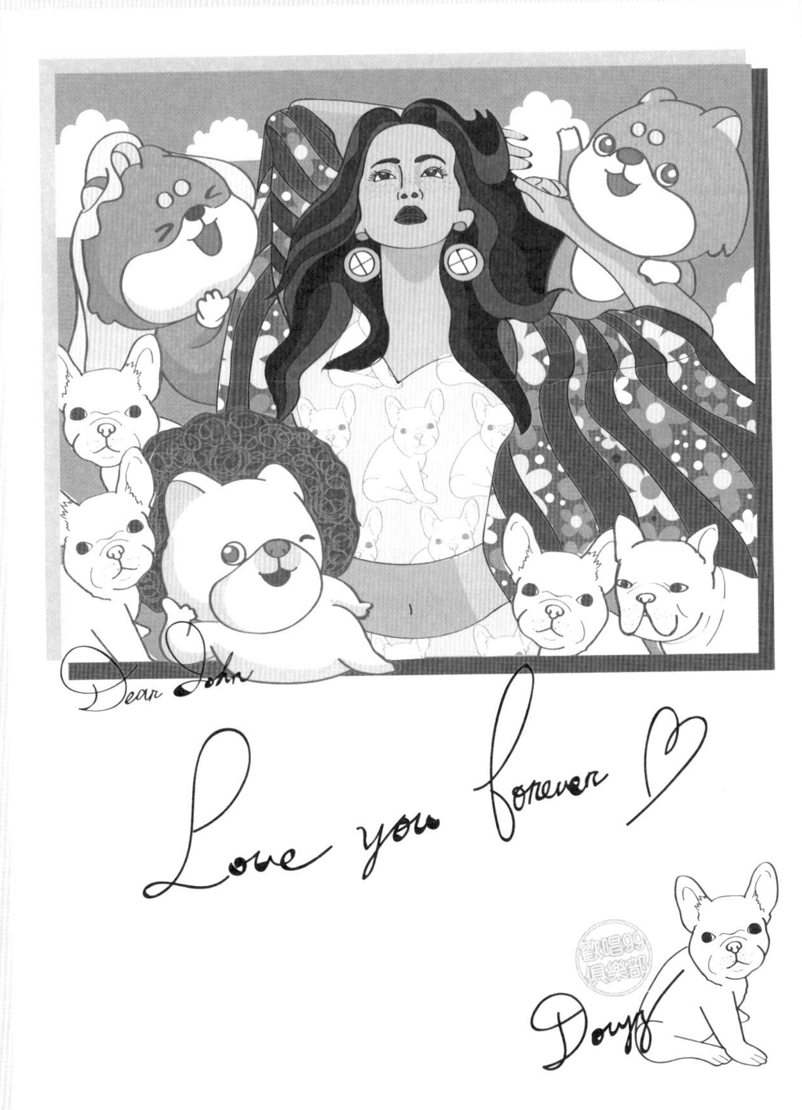
Dear John
Love you forever
歡唱99
俱樂部

目次

John Land

小強 （John） 法國鬥牛犬

憨憨呆呆的很討人喜歡，
非常的愛吃，標準吃貨。

記性不好，
所以就算遇到不愉快的事也能很快就忘記。

柴柴是他最要好的朋友。

「睡一覺起來，又是全新的一天」是小強的座右銘。

摯友

柴柴 （Shiba） 柴犬

活潑好動，有時像個小男孩，
自從與圓圓在一起後，
感覺成為了男人了。

跟小強是麻吉又時常欺負小強，
刀子嘴豆腐心，
朋友有困難也都會第一個挺身而出。

情侶

圓圓（Yuan） 柴犬

心中有一顆純真的少女心，
熱心助人，喜歡可愛的東西，
很喜歡小動物，所以領養了浪貓-喵喵，
也是柴柴的女朋友。

角色介紹

Eileen

作者本人。
書中扮演串場角色1

媽媽

主婦力滿點的媽媽。
書中扮演串場角色2

拿鐵 麋鹿

寵物

厭世鹿
出場就是睡覺，身世成謎
小強的寵物一號

可可 麋鹿

天真活潑的個性與拿鐵截然不同。
小強的寵物二號

寵物

喵喵 胖橘貓

原本是浪貓，某天來到了小強家後小強就飼養他，
但是喵喵看見圓圓卻彷彿見到主人，
喜歡黏在圓圓身旁，目前正被圓圓飼養中。

前傳
我回來了！
出來吧！
歡迎你來我們家
要叫你什麼好呢？

今天開始牠就是我們家一份子了
這．．．是什麼狗
法國鬥牛犬
明明就很可愛
怎麼有狗長的這麼醜啊！
啪
哇你真棒！會抓小強耶
那你就叫小強吧！
小．．．小強
蟑．．．螂

JoHN
LAND
HI JOHN

JoHN
JoHN

JOHN
?

Chapter 1

日常篇

小確幸日常

小而確實的幸福感

微笑

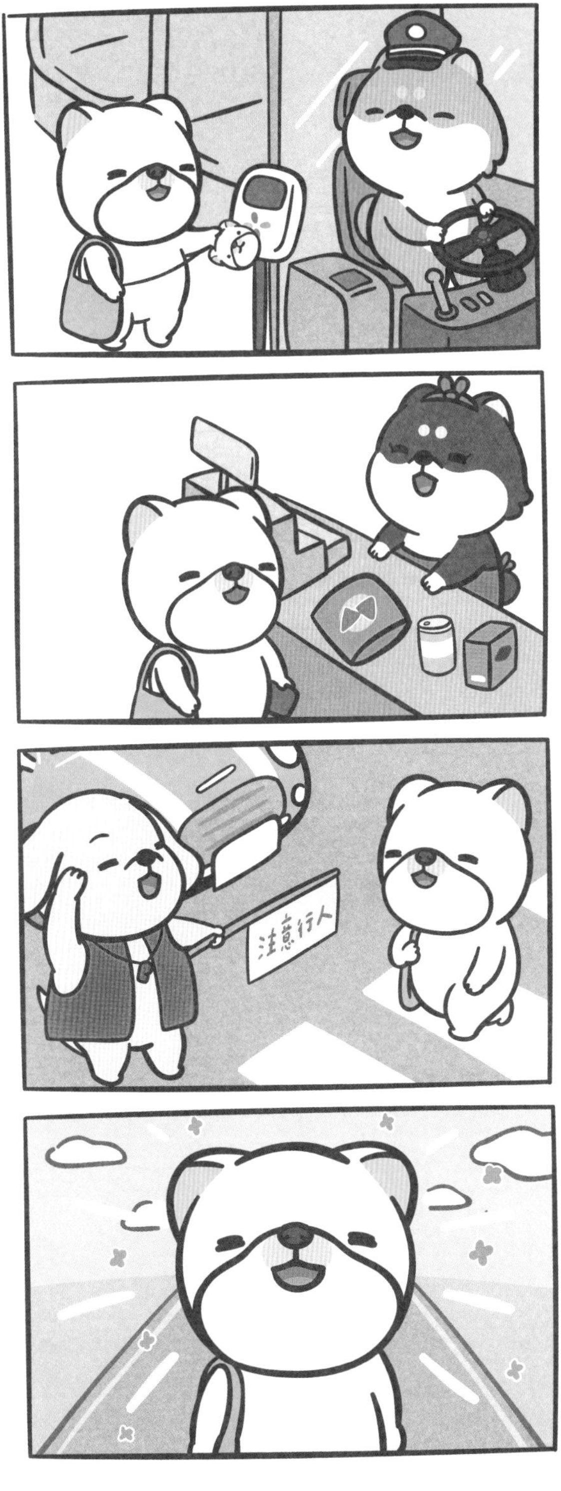

撿到錢

一塊錢

佛心老闆

點錯也很美好

最後一個

選對了

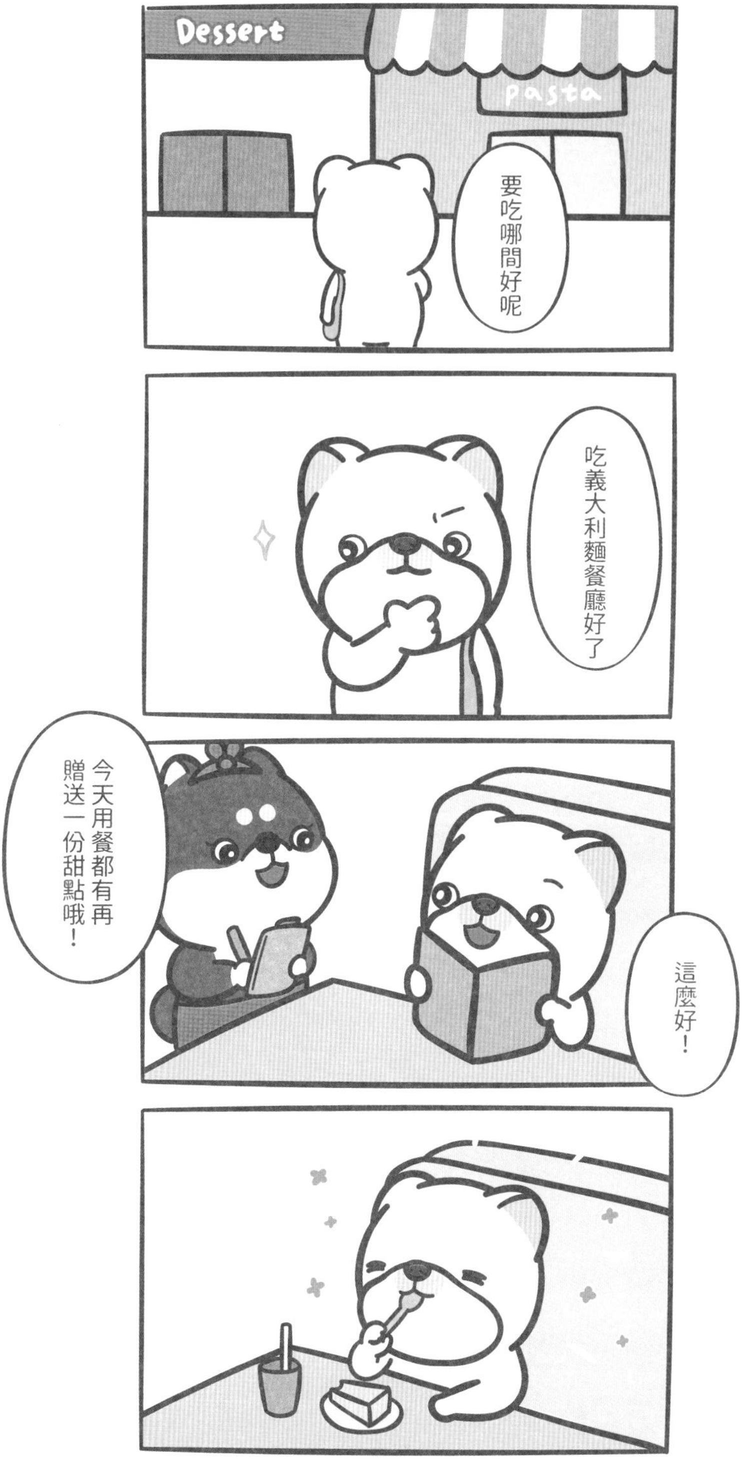

Dessert
pasta
要吃哪間好呢
吃義大利麵餐廳好了
今天用餐都有再贈送一份甜點哦！
這麼好！

無言日常

總是和想像中不一樣

料理

空氣包

買衛生紙

想吃的餐廳

放洗澡水

要帶出門

煮麵

莫非定律

「凡是可能出錯的事，一定會出錯。」

買雨傘

洗車

招計程車

要用的時候

越怕出錯

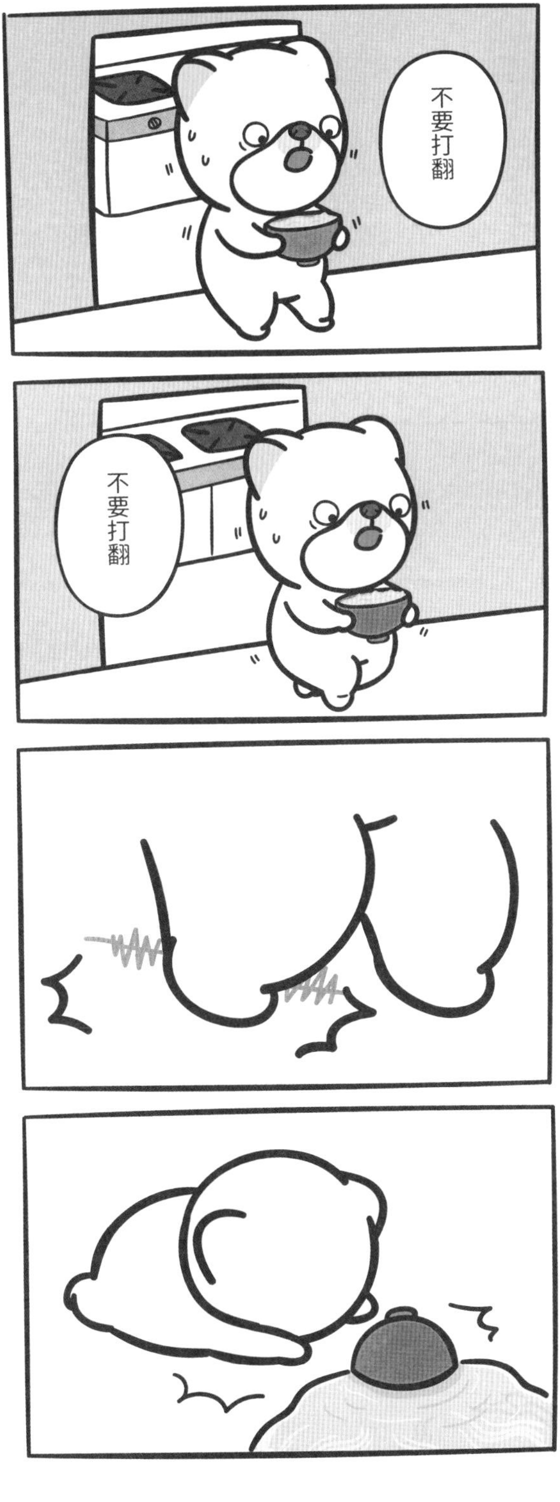

選一邊

世足

Chapter 2

友情篇

麻吉日常

最懂我的還是你

出去玩

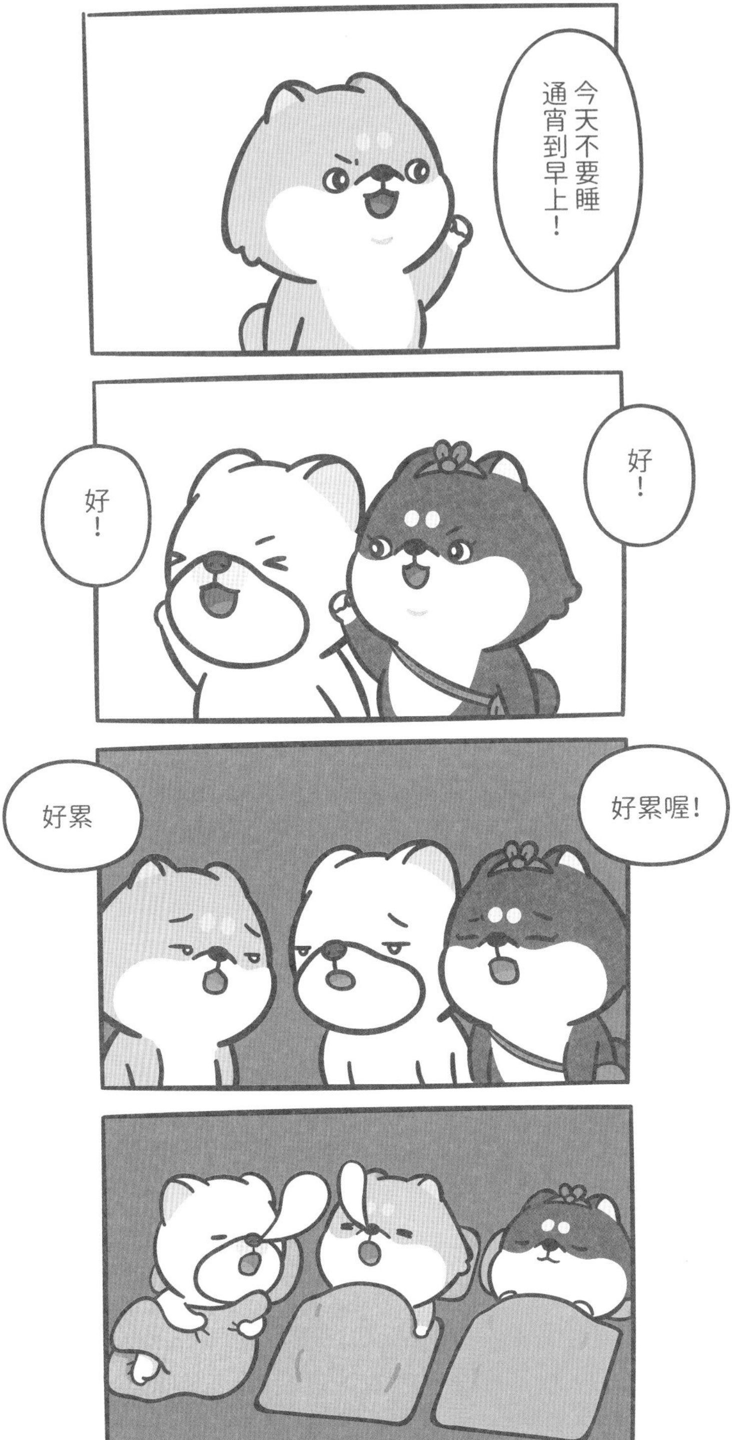
今天不要睡通宵到早上！
好！
好！
好累喔！
好累

運動

又胖了
明天開始我們去運動吧
我今天腳有點痛可能不能去了
今天你先去吧
走吧!運動
今天肚子好痛
那今天可以運動了吧
我今天・・・
唉～

演唱會

烤肉

最懂你

一人一半

安慰

縮小腹

是誰

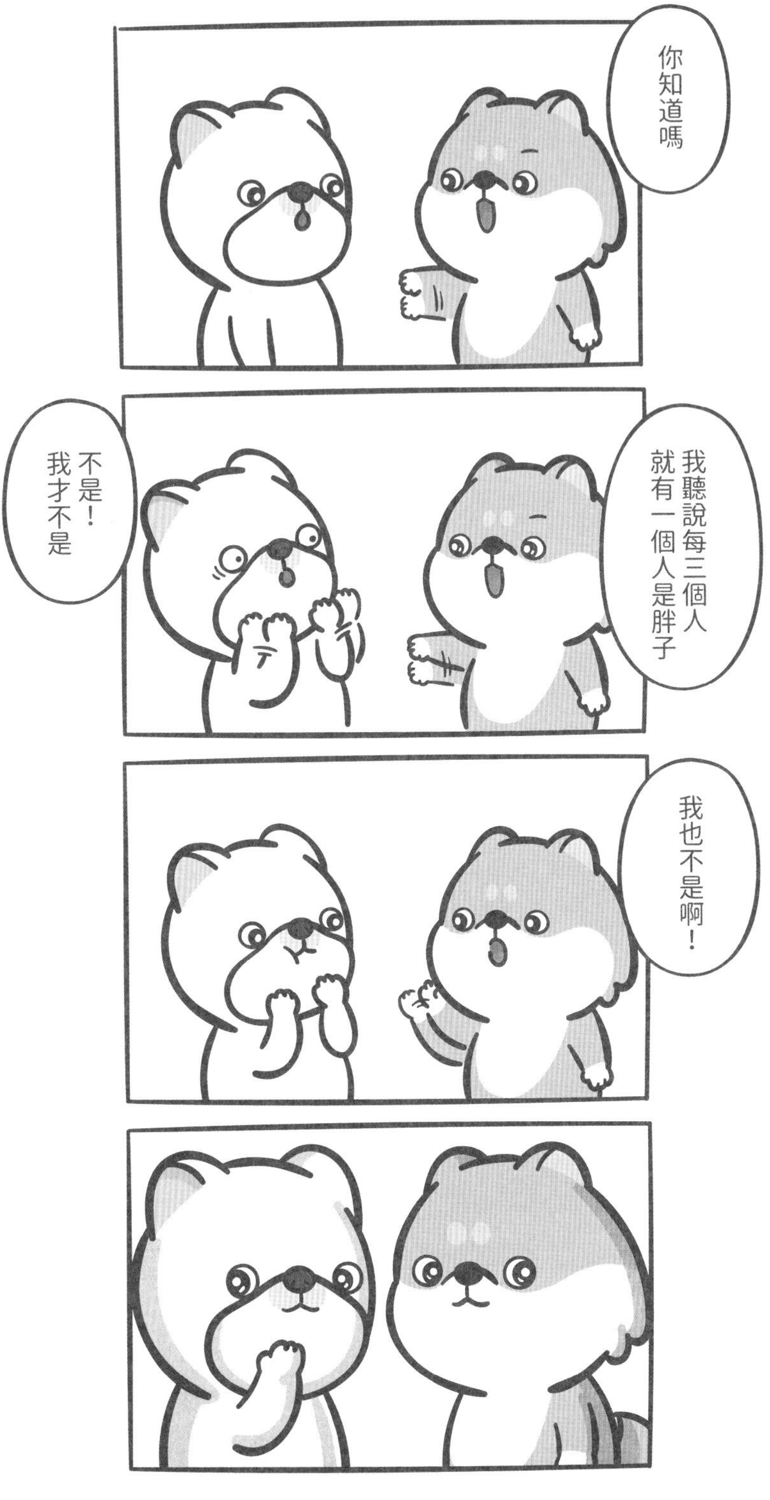
你知道嗎
我聽說每三個人就有一個人是胖子
不是！我才不是
我也不是啊！

我的朋友

每個朋友都有
一個獨特的性格

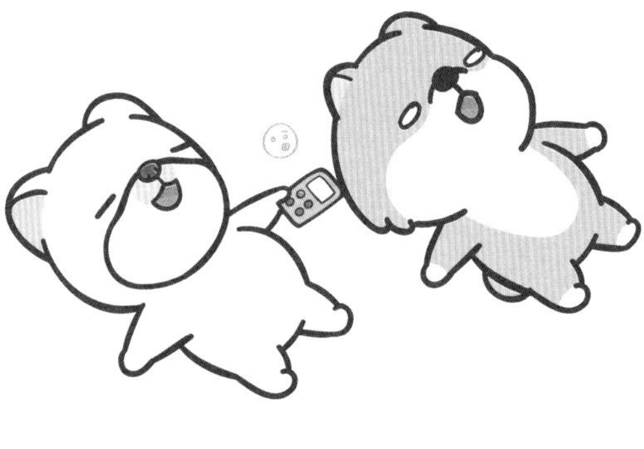

幼稚朋友

耍白痴朋友

懶惰朋友

愛跟唱朋友

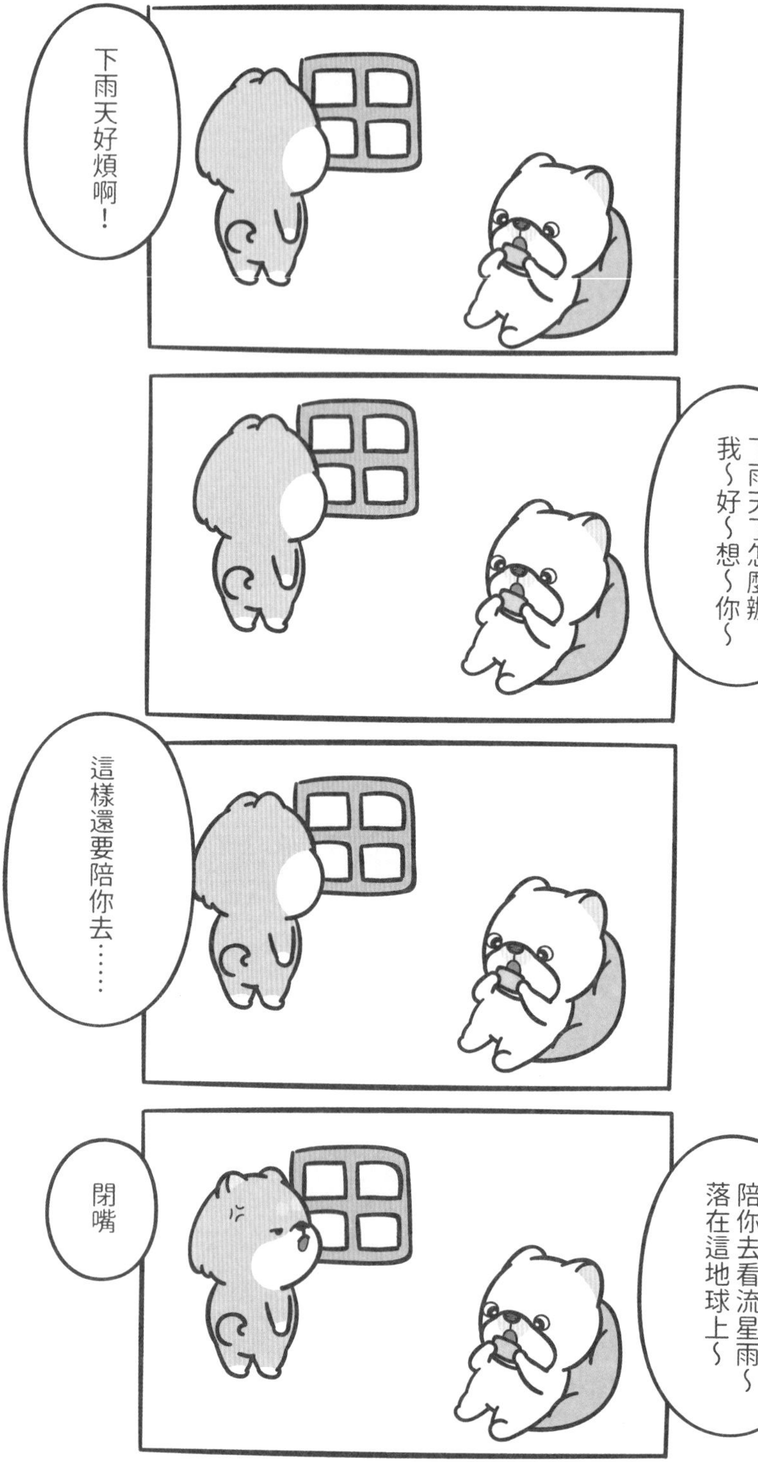
下雨天好煩啊！
下雨天了怎麼辦
我～好～想～你～
這樣還要陪你去……
陪你去看流星雨～
落在這地球上～
閉嘴

蛔蟲朋友

嘴硬朋友

遲到朋友

吃貨朋友

路痴朋友

10:00 a.m 台北
台北
你到哪裡了啊 我到了
快到了 我搭個車就到
台北
台中
20:00 p.m
你到底在哪裡了啦
ㄟ！我也不知道

Chapter 3

愛情篇

點你想吃的

你餓了嗎

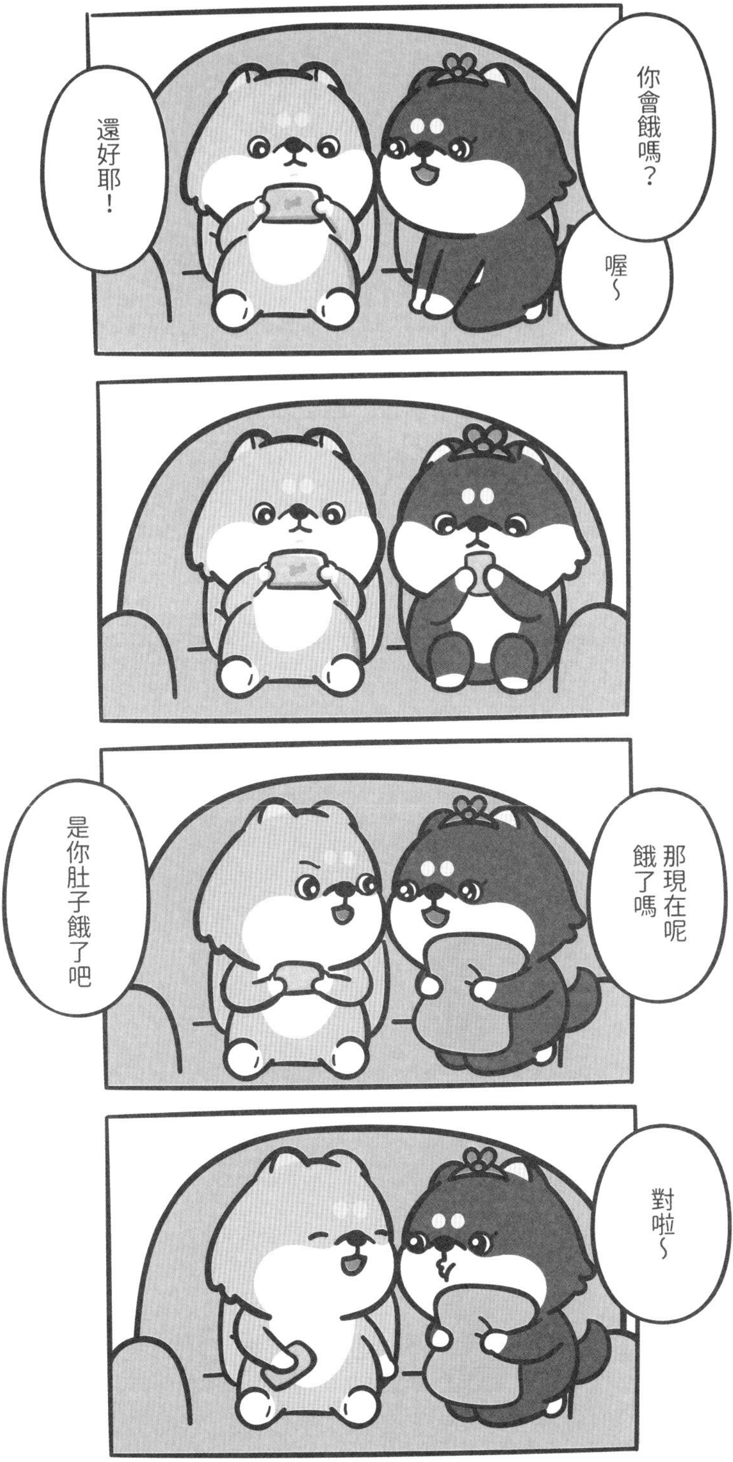
你會餓嗎？
還好耶！
喔～
那現在呢餓了嗎？
是你肚子餓了吧
對啦～

你的好好吃

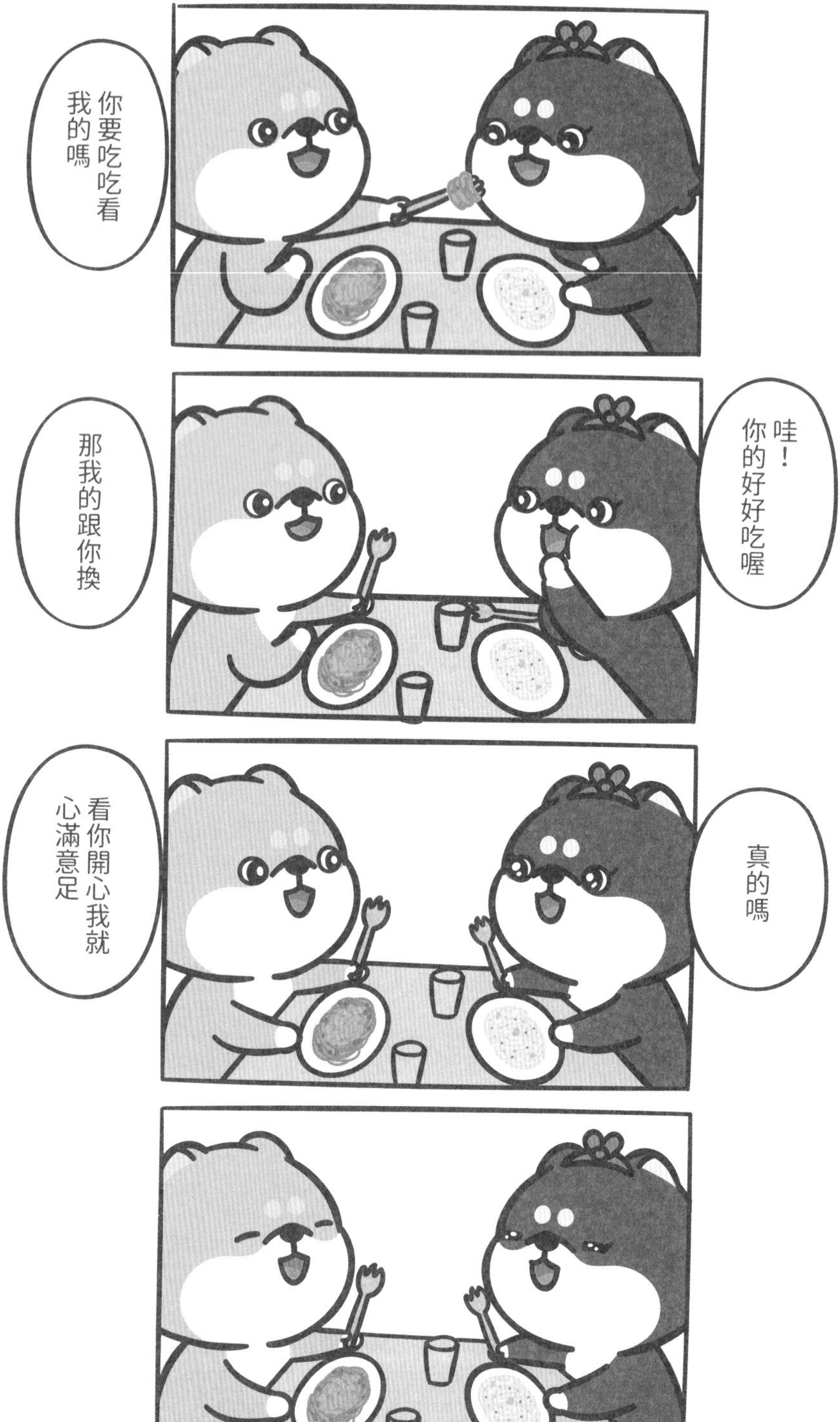
你要吃吃看我的嗎
哇！你的好好吃喔
那我的跟你換
真的嗎
看你開心我就心滿意足

點太多

肚子好餓喔！
真的超餓！
多點一些
我要這個
還有這個
跟這個
這個一份
這個也一份
這個一份
好飽喔吃不下了！
太撐了！

挑蔥

你的就是我的

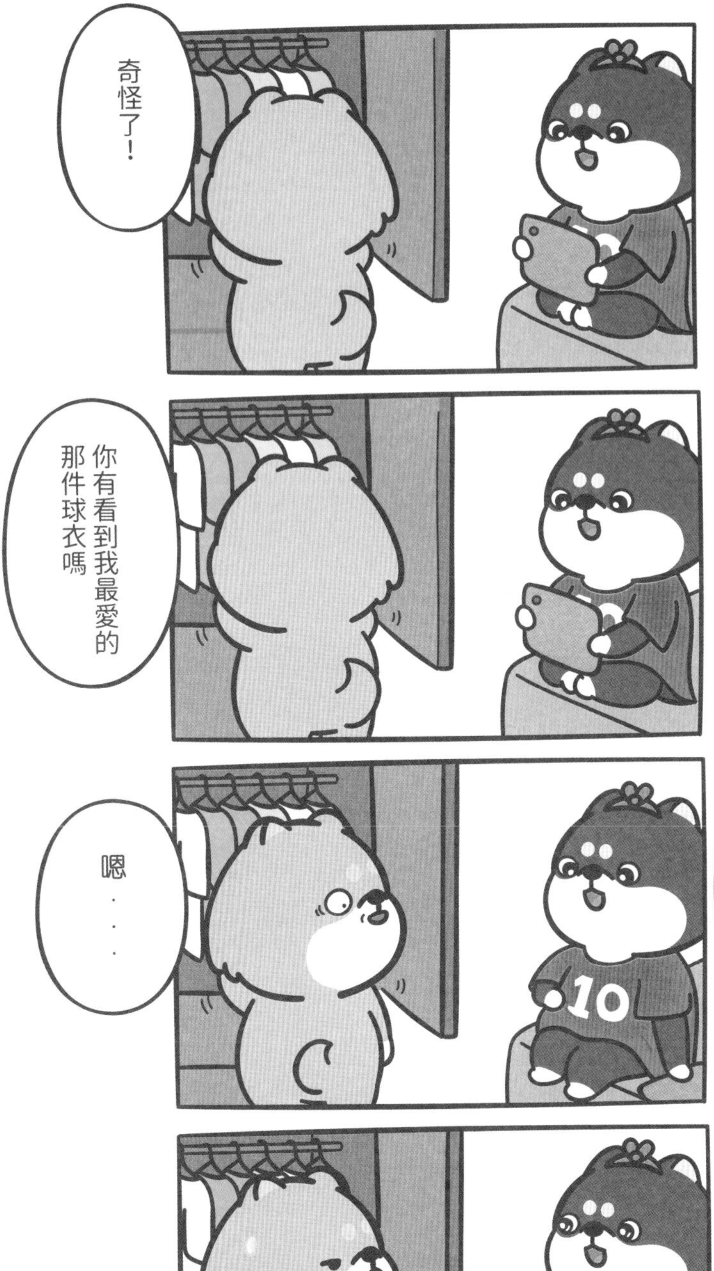
你說這件嗎
這件好好穿哦～

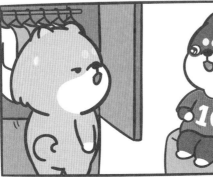

說晚安

吵不起來的架

不小心打到

等你說這句話

假日日常

交往前後期

交往前期 vs 後期

後期 VS 前期

載你

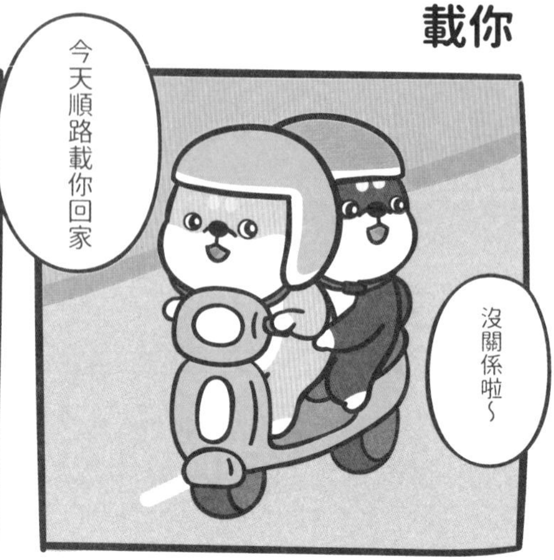

變胖

後期 VS 前期

吃飯

牽手

後期 VS 前期

放屁

暱稱

後期 vs 前期

Chapter 4

寵物篇

做什麼可愛

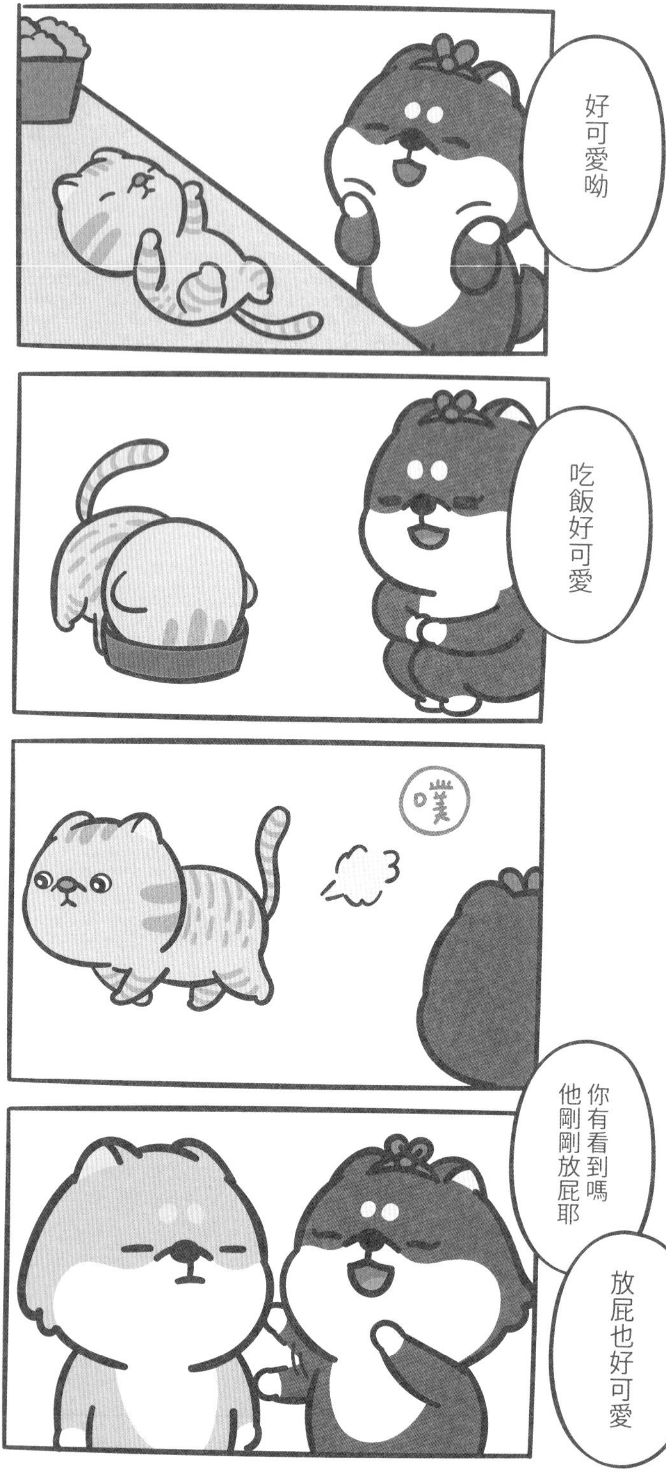

好可愛呦
吃飯好可愛
噗
你有看到嗎
他剛剛放屁耶
放屁也好可愛

秒原諒

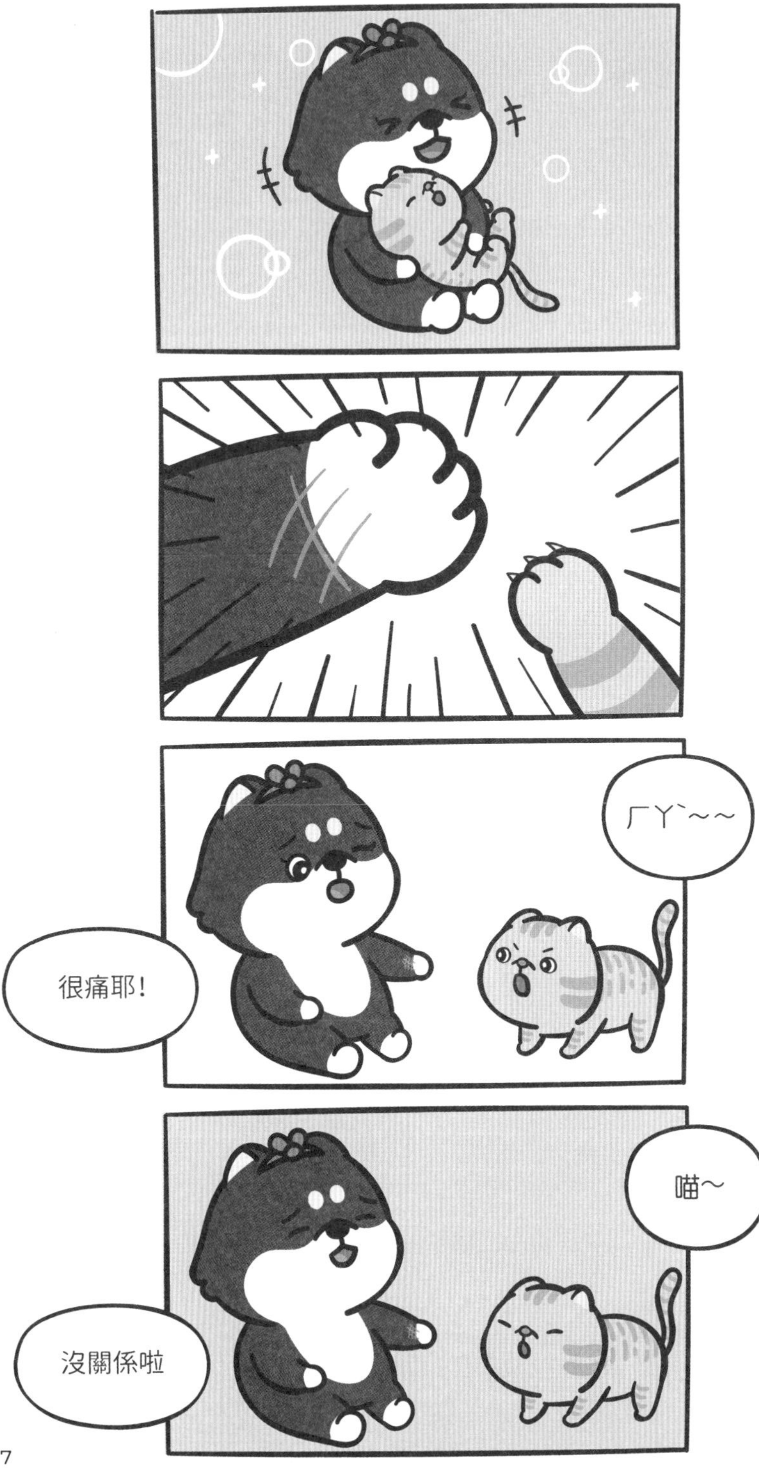
ㄏㄚˋ～～
很痛耶!
喵～
沒關係啦

不敢動

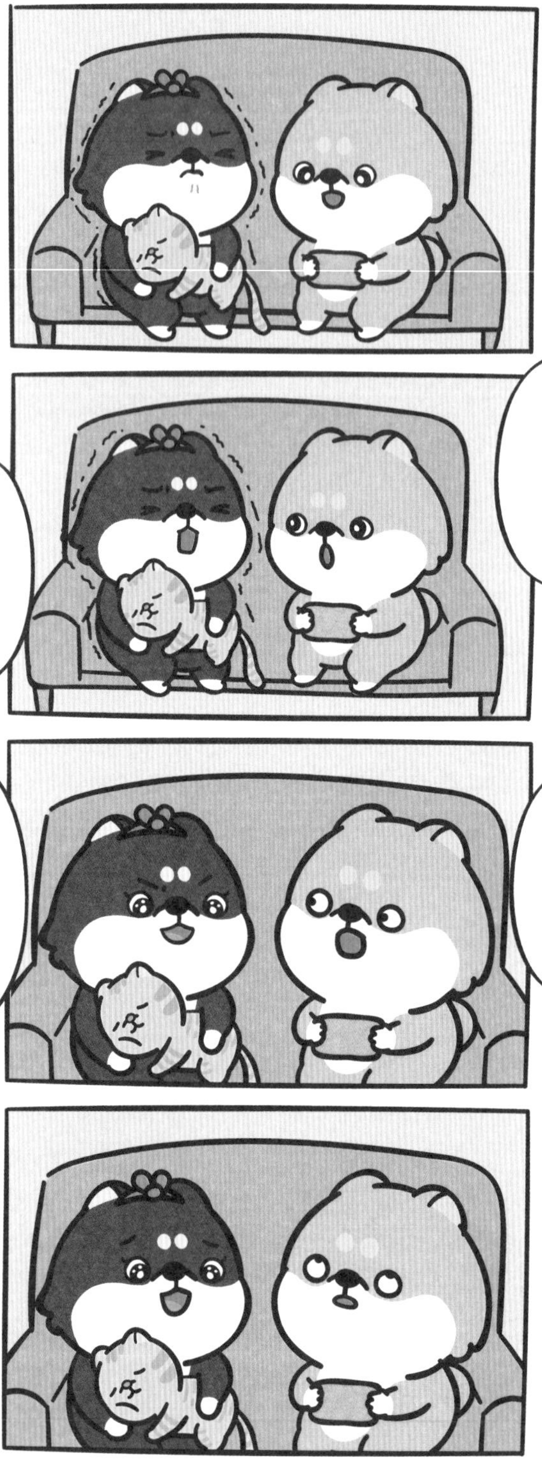
你怎麼了
好想尿尿
那就去啊
看他睡這麼熟
不忍心吵他

睡覺時最可愛

寵物優先

唯一解藥

跟屁蟲

無時無刻都在想他

主人通病

自己寵物最可愛

與你的時刻

貓奴和狗奴 才懂的時刻

養貓的
幸福時刻

主動撒嬌

摸肉球

看著他睡覺

翻肚討摸

養貓的
崩潰時刻

亂爆衝

亂抓沙發

亂尿尿

半夜亂叫

養狗的
幸福時刻

叫他就出現

吃光準備的食物

被路人稱讚

回家第一件事

養狗的
崩潰時刻

尿尿在床上

剛來的三天晚上

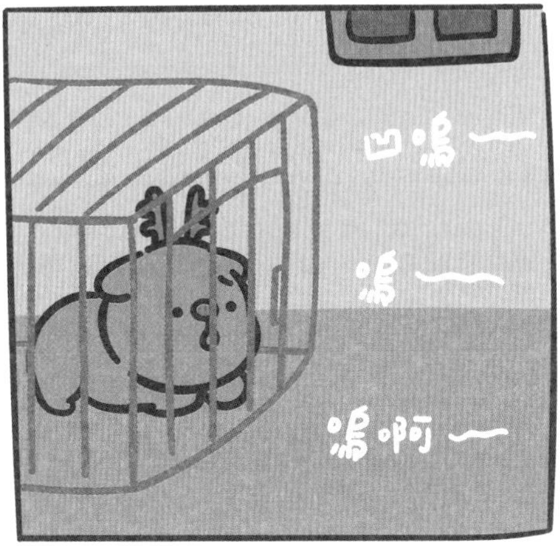

把自己弄很髒

亂咬東西

Chapter 5

工作篇

週一症候群

上班想著出去玩

擁擠的捷運有座位

捷運補眠

當機

越坐變越胖

薪水運用

午餐吃什麼

假日睡到飽

捨不得睡

逃過一劫

上班族小確幸

希望每天都這樣

今天沒有遲到

醒來發現還可以睡一小時

下午茶時間

老闆出差

準時下班

辛苦一整天犒賞自己

滿足

假日睡到自然醒

Chapter 6

吃貨篇

說吃就走

喜歡的要留到最後吃

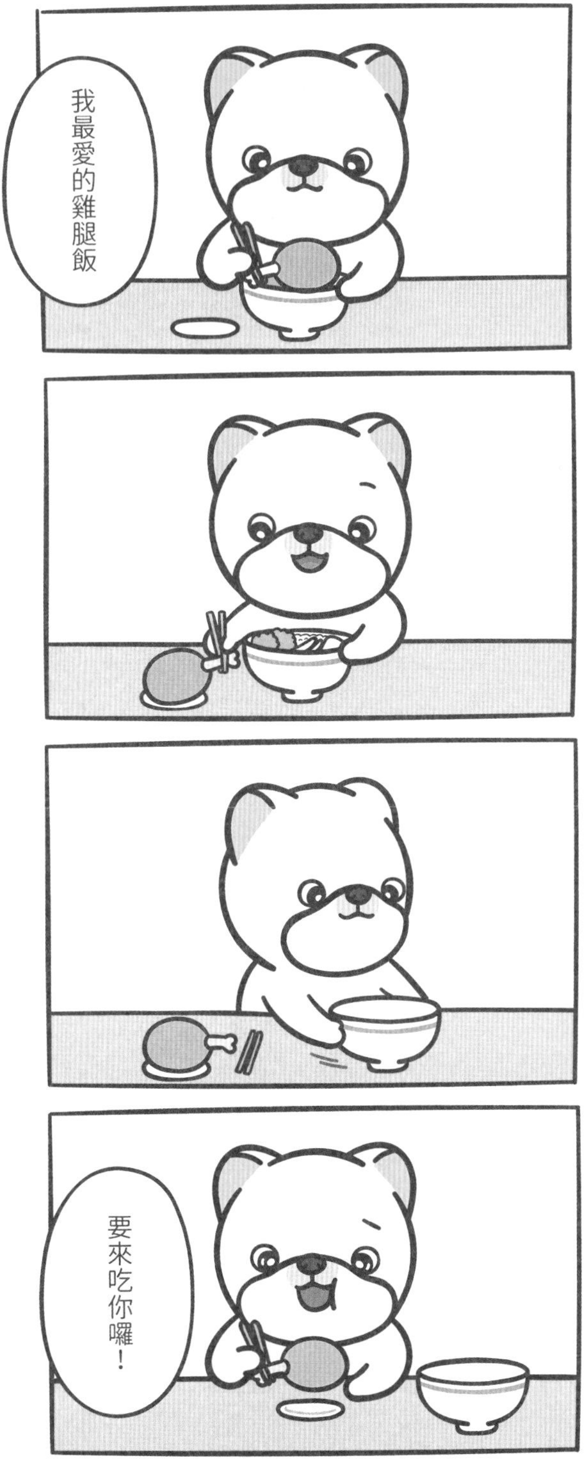

我最愛的雞腿飯
要來吃你囉！

查評價

專屬口袋名單

要吃什麼啊
不知道耶！
你們想吃什麼類型
< 記事本
☆口袋名單
•早午餐
John bagel
10:30
強•炭烤土司
•日式
青屋
三本食堂
小井屋
我知道附近有一間
很好吃CP值很高的定食
有你真好

堅持的吃法

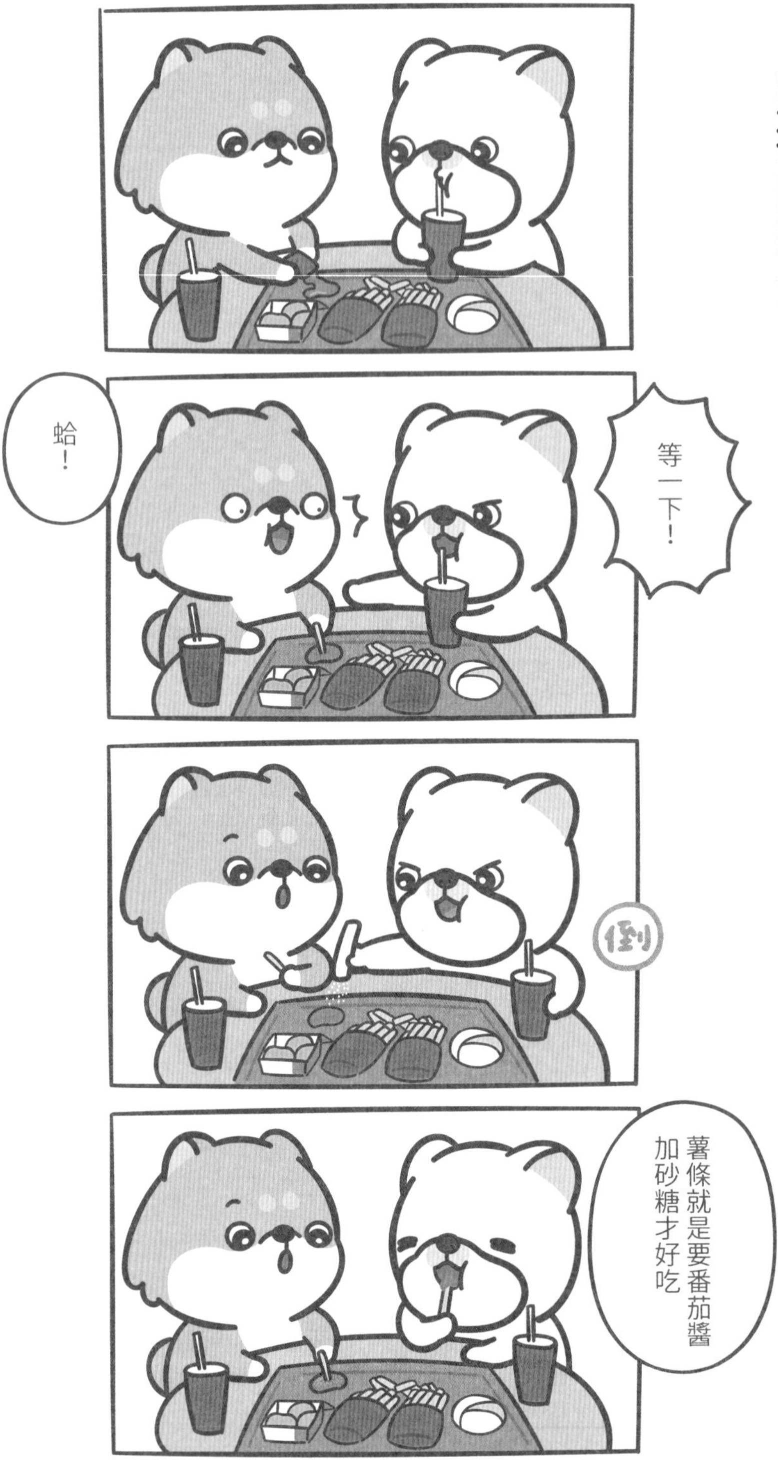

蛤!
等一下!
倒
薯條就是要番茄醬加砂糖才好吃

能吃就是福

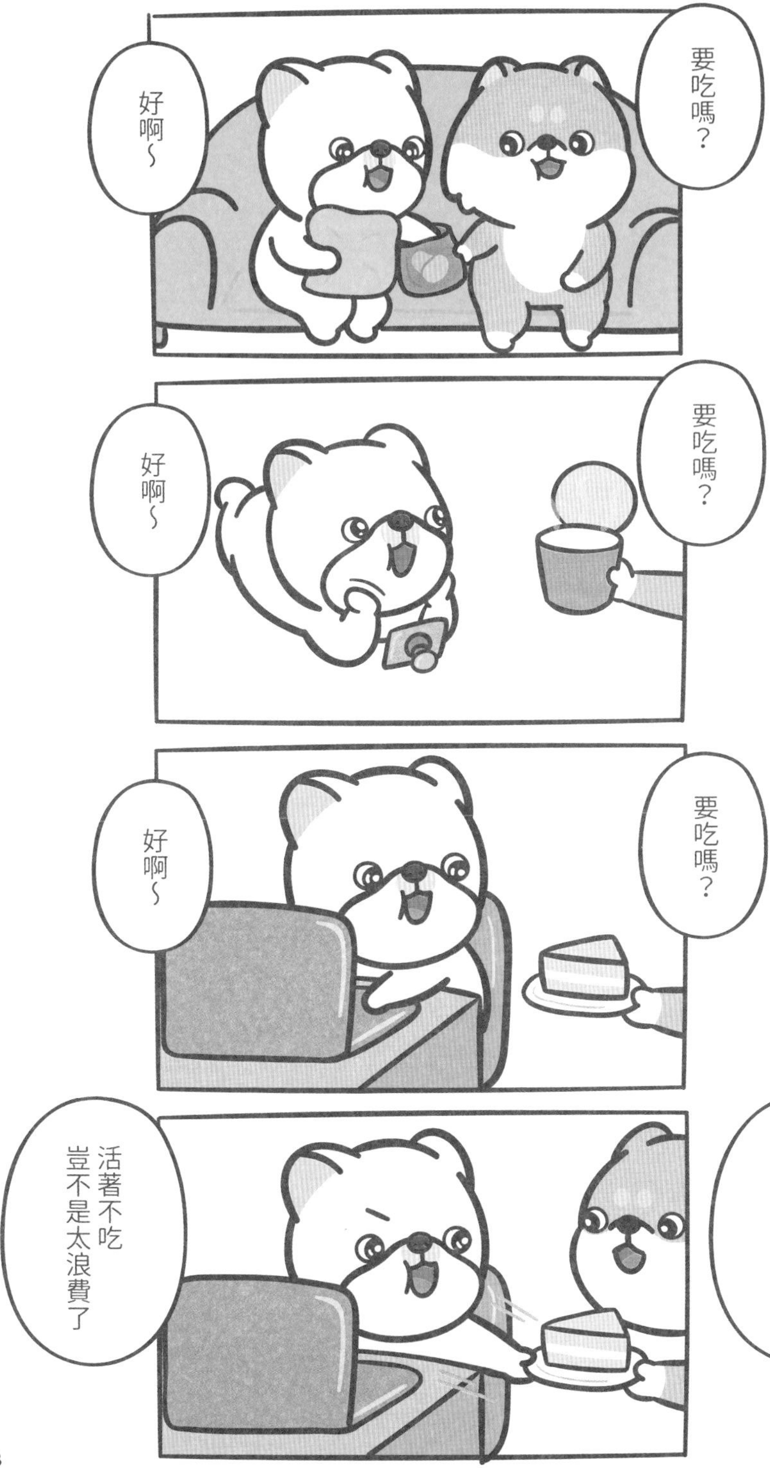
要吃嗎？
好啊～
要吃嗎？
好啊～
要吃嗎？
好啊～
你也太會吃了吧
活著不吃
豈不是太浪費了

生氣是為了食物

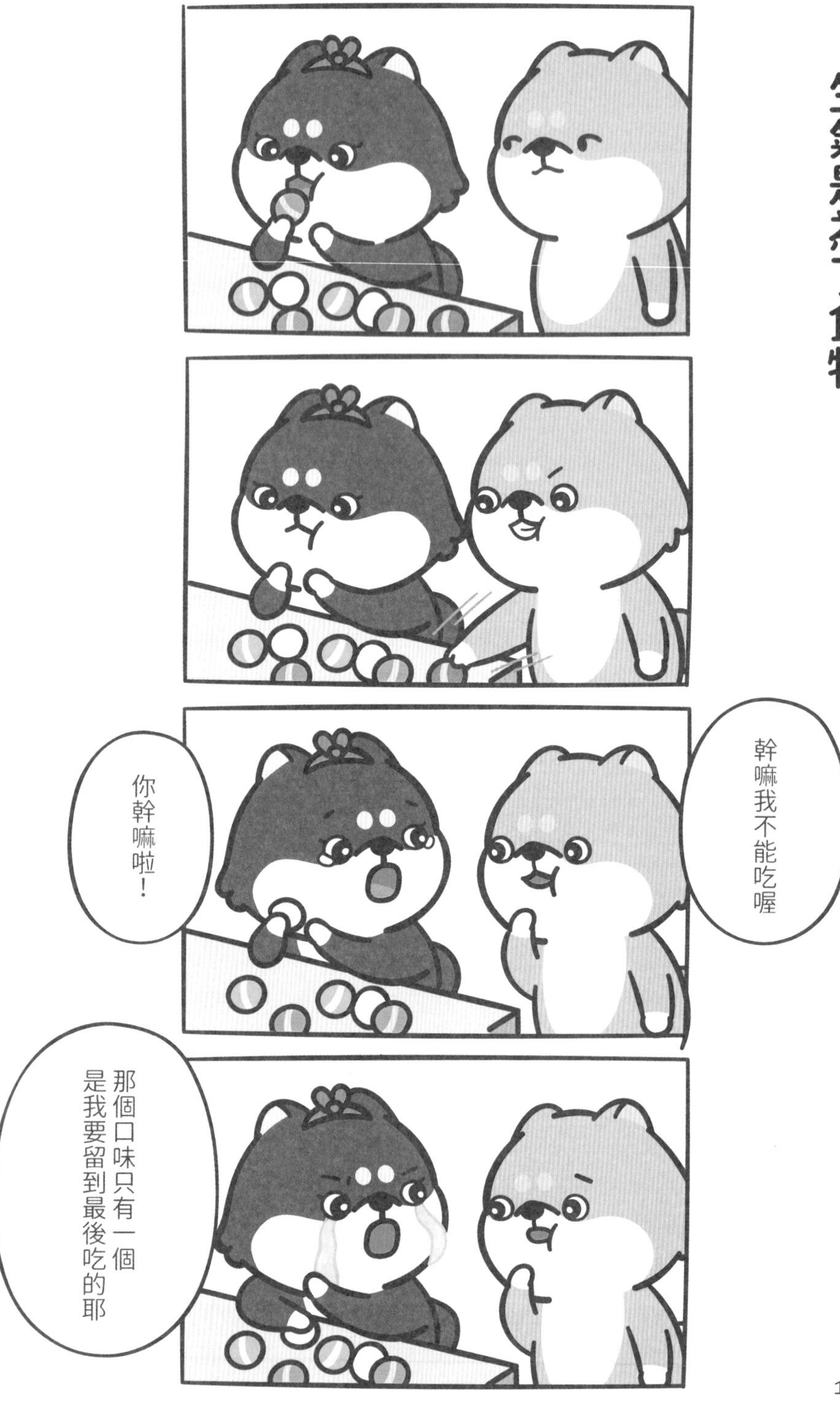
你幹嘛啦！
幹嘛我不能吃喔
那個口味只有一個是我要留到最後吃的耶

讓吃貨氣消的方法

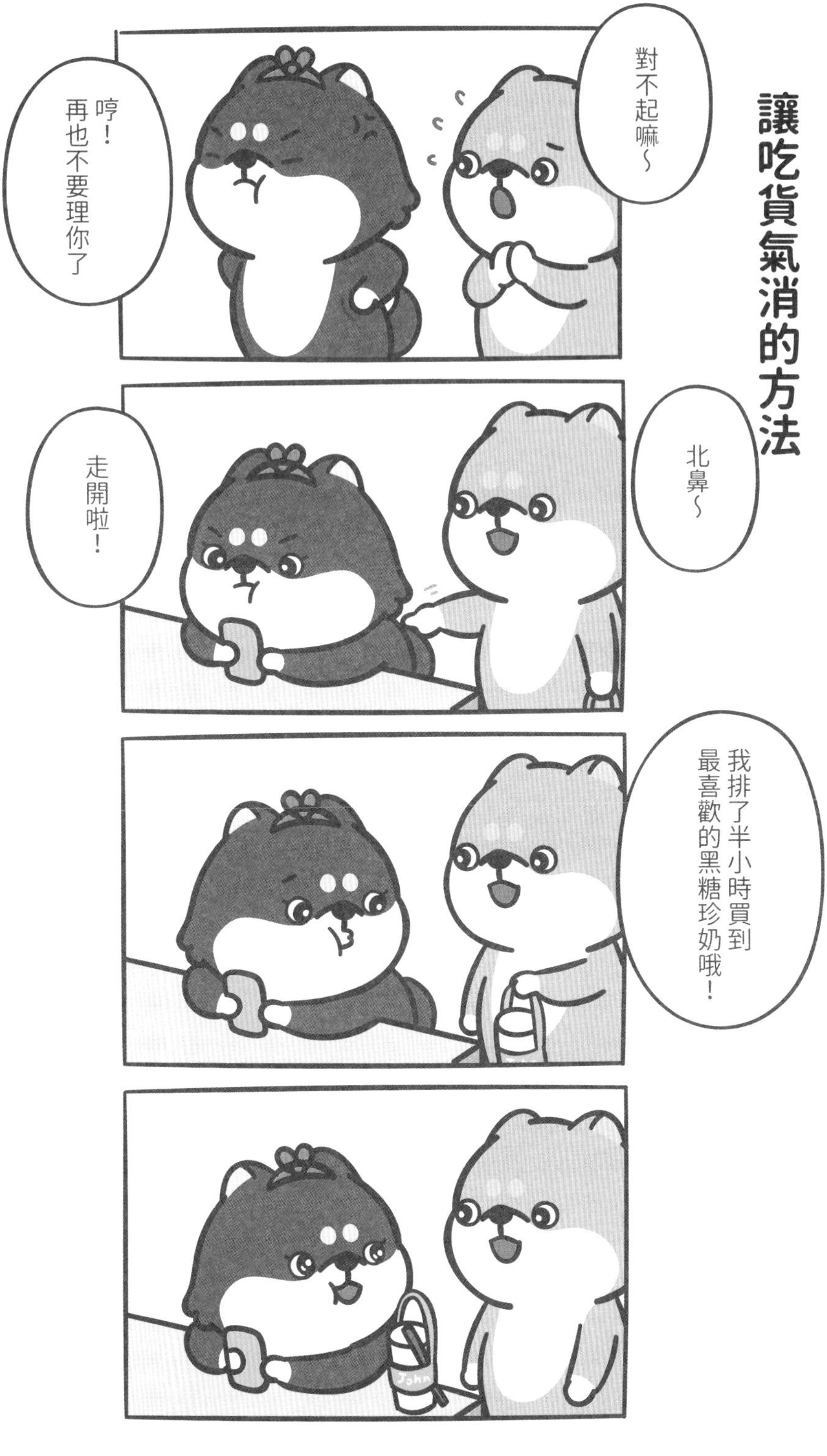
對不起嘛～
哼！再也不要理你了
北鼻～
走開啦！
我排了半小時買到最喜歡的黑糖珍奶哦！

出遊行程只有吃

耶終於到了~
那我們先吃個早餐
附近有間鹹粥很好吃
吃飽了
那我們下個
行程是什麼
去吃超有名
抹茶冰淇淋
接下來我們要去哪
點心時間
牛肉湯
我們有除了吃
以外的行程嗎
難得出來玩
不吃要幹嘛

認真運動的目的

關於吃貨

吃貨的堅持

九種吃貨

心情不好就要吃

不能浪費食物

美食評論家

餓就要吃

來者不拒

無時無刻都在吃

減肥是明天的事

永遠吃不飽

家有個零食專區

吃貨小確幸

平常想吃吃不到的餐廳不用排隊

無意間發掘到美食

天啊！這也太好吃了吧

比例調配的剛剛好

今天鮮奶茶比例剛剛好

吃貨大地雷

不准碰他碗裡食物

沒經過同意就吃了他的東西

介紹的食物被說不好吃

Chapter 7

小強的世界

小強vs柴柴

強柴大不同

音樂

旅行

補元氣

颱風天

照鏡子

關於房間

他們的房間

小強的房間

柴柴的房間

圓圓的房間

關於開店

他們的店面

小強漢堡車

JOHN BURGER
Burger
classic
cheese burger
Double classic
Beef cheese
Drink
Coca Cola
Coffee
Red Tea
John
Burger

柴柴咖啡車

Coffee
Coffee
Espresso.
Americano.
Latte.
Cappuccino.
Mocha.
Shiba

圓圓寵物店

Chapter 8

小強加油站

努力成為自己
想要的樣子

努力實現自己的夢想
就算它遙不可及

跌倒是為了讓你看看天空
美麗的天空

有些回憶
就讓它打包收藏在心裡

不管到哪裡
只要和對的人一起
就是最美好的旅程

想成為一顆星星
在你心中最閃耀的那顆

訂好了目標
就努力去完成它吧！

堅持下去吧！

再累
都有堅持下去的理由

如果人生是一張白紙
夢想就是摺成紙飛機
輕輕的往希望飛去

成功的路上並不擁擠
因為堅持的人不多

沒有別人的天賦
就更要不斷努力增強自己

一步一步往上爬
總有一天會抵達山峰

謝謝以前努力堅持的自己

小強座右銘

不管今天過得如何
一覺醒來
就又是全新的一天

遇到事情絕不能向命運低頭
不然雙下巴就跑出來了

在明天過好之前
先把今天過好

沒有能不能
只有肯不肯

一天中幸福的時刻
是跟床談戀愛

JOHN
即使遇到困難
也不要輕易放棄喔！

JOHN
LAND

Land

Sea
Land

BO0294

嗨小強的吃貨日記

作　　者／Eileen
授 權 商／嗨小強工作室
責任編輯／劉芸
版　　權／翁靜如
行銷業務／周佑潔

總 編 輯／陳美靜
總 經 理／彭之琬
發 行 人／何飛鵬
法律顧問／台英國際商務法律事務所　羅明通律師
出　　版／商周出版
臺北市中山區民生東路二段141號9樓
電話：（02）2500-7008　傳真：（02）2500-7759
E-mail：bwp.service@cite.com.tw
發　　行／英屬蓋曼群島商家庭傳媒股份有限公司　城邦分公司
臺北市中山區民生東路二段141號2樓
電話：（02）2500-0888　傳真：（02）2500-1938
讀者服務專線：0800-020-299　24小時傳真服務：（02）2517-0999
讀者服務信箱：service@readingclub.com.tw
劃撥帳號：19833503
戶名：英屬蓋曼群島商家庭傳媒股份有限公司　城邦分公司
訂購服務／書虫股份有限公司客服專線：（02）2500-7718；2500-7719
服務時間：週一至週五　上午09:30～12:00；下午13:30～17:00
24小時傳真專線：（02）2500-1990；2500-1991
劃撥帳號：19863813　戶名：書虫股份有限公司
E-mail：service@readingclub.com.tw
香港發行所／城邦（香港）出版集團有限公司
香港灣仔駱克道193號東超商業中心1樓
電話：（852）2508-6231　傳真：（852）2578-9337
E-mail：hkcite@biznetvigator.com
馬新發行所／城邦（馬新）出版集團
Cite (M) Sdn. Bhd.
41, Jalan Radin Anum, Bandar Baru Sri Petaling, 57000 Kuala Lumpur, Malaysia.
電話：（603）9056-3833　傳真：（603）9056-2833
E-mail：cite@cite.com.my

封面設計／申朗創意
內文設計排版／黃淑華
印　　刷／鴻霖印刷傳媒股份有限公司
總 經 銷／聯合發行股份有限公司
電話：（02）2917-8022　傳真：（02）2915-6275

ISBN 978-986-477-563-7

版權所有，翻印必究（Printed in Taiwan）

定價320元

2018年11月6日初版1刷

城邦讀書花園
www.cite.com.tw

國家圖書館出版品預行編目（CIP）資料

嗨小強的吃貨日記／Eileen著.
-- 初版. -- 臺北市：商周出版：家庭傳媒城邦分公司發行, 2018.11
面；　公分
ISBN 978-986-477-563-7（平裝）

855　107018621